Die RFL

Die Retrofraktal-Lupe, kurz RFL, ist Doktor Lupes ureigenste Erfindung. Sie sieht aus wie eine ganz normale Lupe – und funktioniert auch so ähnlich. Allerdings kann man mit ihrer Hilfe u. a. durch Wände, Mauern, Türen oder Hecken sehen.

Eines Tages, das ist sicher, wird Dr. Lupe dafür den Nobelpreis bekommen. Sofern Charly die RFL nicht bis dahin im harten Einsatz vollständig geschrottet hat.

Hier klebt dein ganz
persönliches Exemplar der RFL:
Trenne sie einfach heraus – dann kannst
du zusammen mit Charly Clever
und Doktor Lupe den Fall lösen.

Sollte die Lupe hier fehlen,
bekommst du sie ersetzt vom:

Loewe Verlag GmbH
Stichwort: Lupe
Postfach 1
95461 Bindlach

Kopietz & Sommer

Charly Clever & Doktor Lupe auf Tigerjagd

Gerit Kopietz & Jörg Sommer

Charly Clever & Doktor Lupe

auf Tigerjagd

Illustrationen von Barbara Scholz

Loewe

Die Deutsche Bibliothek – CIP-Einheitsaufnahme

Kopietz, Gerit:
Charly Clever & Doktor Lupe auf Tigerjagd /
Gerit Kopietz & Jörg Sommer.
Ill. von Barbara Scholz.
– 1. Aufl. – Bindlach : Loewe, 2000
ISBN 3-7855-3551-1

Besuche doch Charly Clever & Doktor Lupe
im Internet:
www.CharlyClever.de

Der Umwelt zuliebe ist dieses Buch
auf chlorfrei gebleichtem Papier gedruckt.

ISBN 3-7855-3551-1 – 1. Auflage 2000

Umschlagzeichnung: Barbara Scholz
Umschlaggestaltung: Andreas Henze
Layout & Satz: Sandra Lautner
Redaktion: Gabi Strobel
Gesamtherstellung: Graphischer Großbetrieb Pößneck
Printed in Germany

Inhalt

Panik im Zoo

„Ich? In den Zoo?“ Charly tippte sich an die Stirn. „Wozu soll ich mir die Hacken wund laufen, um schlafende Nashörner und voll gefressene Warzenschweine anzugucken? Das kann ich zu Hause vorm Fernseher viel gemütlicher haben.“

Nur Richard, Charlys bester Freund und Banknachbarn, konnte auf so eine Idee kommen. Langsam nahm er seine Brille ab und begann, sie mit seinem Hemdzipfel zu putzen. „Ich meine doch nicht *so* einen Zoo. Der Privatzoo von Würzig ist was ganz anderes.“

Charly runzelte die Stirn „Würzig? Wer ist denn das?“

„Na, Wilbur Würzig, der reichste Mann in der Stadt. Er ist der alleinige Besitzer der WüWa-Werke. Kennst du die wenigstens?“

Charly warf einen vorsichtigen Blick in Richtung Tafel, wo Klassenlehrer Theisen gerade eine

Rechenaufgabe erklärte. Sie brummelte zu Richard, den alle nur Doktor Lupe nannten: „Wer kennt die WüWa-Werke nicht. Das ‚Wü' kommt von Würzig?"

„Bingo. Und das ‚Wa' steht für Wassertechnik. Die bauen von der Aquarienpumpe bis zum Schiffshebewerk fast alles, was Wasser bewegt."

Charly fragte: „Und der Würzig hat uns also in seinen Privatzoo eingeladen?"

Lupe antwortete: „Also eigentlich hat uns meine Cousine Arabella eingeladen. Kennst du Arabella noch? Du weißt doch, von meinem Geburtstag. Sie arbeitet beim alten Würzig als Assistentin. Unter anderem ist sie dort für den Zoo zuständig. Sie meinte, wenn wir beide mal Lust hätten, könnte sie eine Privatführung für uns organisieren. Und deinen Bruder Lenny darfst du auch mitbringen."

Charly stöhnte: „Das fehlte mir noch."

Dann senkte sie ihre Stimme zu einem verschwörerischen Flüstern: „Sag mal, was hat der denn für Tiere?"

Lupe setzte seine Brille wieder auf, blickte Charly ins Gesicht und strahlte: „Lauter Hammer: Riesenschlangen, Gorillas und sogar sibirische Tiger."

Charly lauschte begeistert. Sie vergaß zu flüstern. „Hat er auch Piradingsda? Du weißt schon, die Dinger, die ein Pferd in zwei Minuten auffressen können."

Lupe grinste: „Die Dinger sind Fische und heißen Piranhas. Allerdings schaffen sie ein Pferd nicht in zwei Minuten. Dafür brauchen sie schon etwas länger, denn sie haben zwar rasiermesserscharfe Zähne, aber ..."

„Wer frisst hier wen?"

Lupe und Charly zuckten zusammen. Lehrer Theisen hatte sich den beiden unbemerkt genähert und den Rest ihrer Unterhaltung mitbekommen. Lupe wurde tief dunkelrot. Charly funkelte ihren Lehrer an. Der brummte: „Wer auch immer was frisst, *Ich* fresse einen Besen, wenn euer Geflüster gerade irgendetwas mit meinem Unterricht zu tun hatte."

Lupe wurde noch ein Stückchen kleiner, weil alle Schüler die Szene verfolgten. Herr Theisen drehte sich um. Er wollte es dabei belassen, als er hinter sich Charlys klare Stimme vernahm: „Mahlzeit!" Herr Theisen stutzte. Die halbe Klasse fing an zu kichern. Er überlegte noch, wie er darauf reagieren sollte, als das ersehnte Klingeln der Schulglocke ertönte.

Wenige Stunden später standen Lupe, Charly und der kleine Lenny vor der Einfahrt zum

Grundstück der Würzig-Villa. Durch das hohe Gitter konnten die drei eine lang gestreckte Auffahrt sehen, die zu einem prächtigen Herrenhaus führte.

Charly stieß einen leisen Pfiff aus: „Mann, hier riecht es förmlich nach Geld." Lenny nörgelte: „Und wo sind die Tiger?"

Lupe korrigierte: „Sibirische Tiger, Lenny. Im Gegensatz zu den anderen Tigerarten sind die sibirischen ..." Im Nu waren Lupe und Lenny in ein biologisches Fachgespräch verwickelt.

Charly verdrehte die Augen. Ihr kleiner Bruder Lenny war erst fünf und ging noch in den Kindergarten. Aber er schien ein ähnliches Genie zu sein wie Doktor Lupe. Lenny konnte bereits lesen und rechnen, wusste mehr als ein Lexikon, spielte Geige und war zu allem Überfluss auch noch blond, blauäugig und richtig hübsch. Kurz, er war der Liebling der Verwandtschaft. Ganz anders als Charly, die mit ihrer chronischen Schlampigkeit und ihrer respektlosen Art häufig aneckte.

Charly seufzte und drückte auf den messingfarbenen Klingelknopf. Dann betrachtete sie intensiv das Grundstück. Der Rasen war millimeterknapp gestutzt, die Bäume militärisch einheitlich geschnitten. Hier musste eine ganze Armee von Haus- und Gartenzwergen arbeiten. Der alte Würzig war offensichtlich kein armer Mann. Erstaunlich, wie viel Geld man mit Wasser verdienen konnte.

Plötzlich fiel ein Schatten auf Charly. Ein übergroßer Wachmann in Uniform blickte durch das geschlossene Tor auf sie hinab.

„Betteln und Hausieren verboten! Verdrückt euch!", knurrte der Mann.

Lenny erschrak und versteckte sich turboschnell hinter Charly. Lupe trat vorsichtshalber einen Schritt zurück. Charly blieb stehen und runzelte die Stirn. Der Uniformierte polterte los: „Was macht ihr noch hier? Ich sagte ..."

„Weshalb brüllst du so? Wir haben gute Ohren", klärte ihn Charly auf.

Der große Mann hielt erstaunt inne. „Auch

noch frech werden, was? Wartet nur, bis ich das Tor aufmache ..."

„Wir warten." Der Wachmann riss die Augen auf. „So eine freche Göre, na warte." Er zog einen dicken Schlüsselbund aus der Tasche und hantierte am Schloss. Lenny und Lupe wichen noch weiter zurück. Ihnen war unbehaglich. „Lass uns lieber gehen", flüsterte Lupe.

Doch Charly wollte nicht. „Ich denke nicht daran, wir sind eingeladen."

Endlich hatte der Wachmann das Tor geöffnet. Charly lächelte ihn freundlich an und drückte sich blitzschnell an ihm vorbei.

Der Wachmann war viel zu verblüfft, um zu

reagieren. Fassungslos starrte er Charly nach, die eilig einer jungen Frau entgegenlief: „Hallo, Arabella. Wie geht's?"

Die große, gut aussehende junge Frau im eleganten Kostüm lächelte, während sie näher kam. „Hallo, Charly. Mir geht es prima. Ich freue mich schon darauf, euch durch unseren Zoo zu führen."

Arabellas Blick fiel auf das hochrote Gesicht des Wachmanns. Sie wandte sich an Charly: „Gab es Schwierigkeiten?"

Der Wachmann, dem langsam dämmerte, dass er es mit geladenen Gästen zu tun hatte, stotterte: „Äh ..."

Charly winkte ab: „Nur ein kleines Missverständnis." Auf Arabellas Gesicht erschien ein verschmitztes Lächeln. Der Wachmann seufzte erleichtert. Lenny und Lupe huschten aufs Grundstück, während Arabella erklärte: „Es sind persönliche Gäste von Direktor Würzig."

Der Wachmann nickte jetzt freundlich zurück: „Kein Problem."

Arabella führte die drei über das Grundstück. Nicht nur Charly hörte interessiert zu, als Arabella berichtete: „Der alte Würzig ist bereits über sechzig, aber er leitet die Firma noch immer persönlich. Der Zoo ist seit vierzig Jahren seine einzige Entspannung." Sie gingen die Auffahrt hinauf in Richtung Villa. Charly fragte: „Ist so ein Privatzoo nicht schweineteuer?"

Arabella lächelte: „Du drückst es vielleicht etwas hart aus, aber im Prinzip stimmt das schon. Geld gehört jedoch zu den Dingen, die den alten Würzig nicht zum Grübeln bringen. Da sind wir übrigens schon."

Arabella führte sie zu einem Durchgang in einer hohen Mauer. Sie kamen auf einen kleinen Platz, der von exotischen Bäumen beschattet wurde. Ringsum wuchsen Buchsbaumhecken. In der Mitte des Platzes sprudelte ein kolossaler Springbrunnen. Arabella lächelte: „Was wollt ihr zuerst sehen?"

„Die Tiger", rief Lenny und erstarrte.

Alle hörten ein gefährliches Knurren und Scharren. Charly wandte sich an Arabella: „Wo ist denn der Tigerkäfig?"

„Am anderen Ende des Geländes."

Charly nickte. Sie streckte die Hand aus: „Doktor Lupe, die RFL, bitte." Arabella blickte irritiert. „RFL?"

Lupe zog ein lupenähnliches Gerät aus der Tasche und reichte es Charly. Arabella erklärte er: „RFL. Die Retrofraktal-Lupe. Eine meiner bescheidenen Erfindungen. Man kann mit ihr durch feste Gegenstände sehen."

Arabella schluckte: „Das gibt es nicht."

Charly blickte angestrengt durch das Gerät: „Ich schätze, wir haben ein Problem."

Tigerfutter

Charly steckte die RFL in die Tasche. „Heee ...“, schrie Lupe, aber Charly unterbrach ihn mit einer Handbewegung. Dann wisperte sie: „Leise. Keinen Laut.“ Blitzschnell schaute sie sich um. Sie nahm Lenny an die Hand, winkte den anderen, ihr zu folgen, und ging rasch zu der Einfassungsmauer, die den Privatzoo umschloss. „Da hoch“, flüsterte sie.

Lupe stemmte die Hände in die Hüften. „Also, bevor ich mich dort hinaufbewege, sagst du uns zuerst, was los ist ...“

Charly wies zurück zur Buchsbaumhecke: „Das ist los!“

Wieder war das tiefe Gebrüll zu vernehmen. Gleichzeitig kam ein ausgewachsener sibirischer Tiger um die Hecke getrabt.

Doktor Lupe erbleichte. Arabella stotterte: „Dededede ... der Tititi ...“

„Der Tiger“, nickte Charly. „Und wenn wir jetzt nicht bald auf die Mauer kommen, dann enden wir noch als Tigerfutter.“

Arabella hörte auf zu stottern, schnappte Lenny und hob ihn so hoch, dass er sich vollends auf die Mauerkrone ziehen konnte. Dabei blickte sie angestrengt über ihre Schulter zurück. Der Tiger stand jetzt auf der anderen Seite des Platzes und fixierte sie mit kalten Augen. Er duckte sich, und ein gefährliches Knurren ertönte aus seiner Kehle. Offensichtlich überlegte er gerade, ob die vier eine leckere Zwischenmahlzeit für ihn abgeben könnten. Charlys Blick wanderte besorgt zwischen dem Tiger und ihren Begleitern hin und her. Arabella war gerade dabei, Lupe auf die Mauerkrone zu befördern. Der Tiger schlich langsam, aber stetig näher. Charly dachte fieberhaft nach. Noch wenige Sekunden, dann würde er zum Sprung ansetzen und Arabella und sie selbst zerfleischen. Sie mussten Zeit gewinnen. Vielleicht konnte sie das Raubtier irgendwie ablenken? Der Tiger hatte bereits die Hälfte des

Weges zurückgelegt. Knurrend stand er in der Mitte des kleinen Platzes. Charlys Blick schweifte ein letztes Mal über die Anlage. Sie musste *jetzt* eine glänzende Idee bekommen. SOFORT! In wenigen Sekunden war es für alle zu spät.

Charlys Blick blieb an einer Schubkarre hängen, die einige Meter von ihr enfernt an der Wand stand. Sie war beladen mit vollen Futternäpfen. Offensichtlich sollten die Tiere bald gefüttert werden. Fieberhaft arbeitete Charlys Gehirn ...

Charly schluckte. Es musste funktionieren. Doch wie sollte sie rechtzeitig zur Schubkarre gelangen?

Hinter ihr hatte Lupe endlich die Mauerkrone erreicht. Arabella zischte: „Komm, Charly.“ Charly gab sich einen Ruck: „Klettere hoch. Ich lenke ihn ab.“

Arabella wollte antworten, doch Charly rannte los. Sie lief direkt an der Mauer entlang einige Meter zur Seite, in Richtung Schubkarre. Der Tiger blickte unschlüssig zwischen Charly und Arabella hin und her. Dann setzte er sich zögernd in Richtung Arabella in Bewegung. Charly nahm ihren ganzen Mut zusammen und schwenkte die Arme über dem Kopf: „Komm schon, Tiger, komm schon. Hier ist das leckere Fressi.“

Der Tiger hielt inne. Mit einem schrecklichen Gebrüll drehte er sich und trabte auf Charly zu.

Die erstarrte. Der Tiger kam immer näher. Jetzt war er nur noch wenige Schritte von ihr entfernt. Ein Satz, und er würde sie erreichen.

Charly holte tief Luft, dann rannte sie los, ohne sich umzudrehen. Sie hörte hinter sich nur ein gefährliches Knurren. Sicher setzte er jetzt zum Sprung an.

Sie erreichte die Schubkarre, griff mit beiden Händen nach einem großen rohen Stück Fleisch und warf es in einer einzigen Bewegung über die Schulter nach hinten.

Dann duckte sie sich blitzschnell, weil sie jeden Moment erwartete, von dem Tier angefallen zu werden.

Doch nichts geschah.

Vorsichtig nahm Charly den Kopf hoch. Sie drehte sich um – und grinste.

Vor ihr lag der Tiger lang ausgestreckt auf dem Boden und kaute genüsslich an dem Fleischbrocken, ohne sie eines Blickes zu würdigen. Charly murmelte: „Mahlzeit!" Dann setzte sie sich ganz langsam und fast lautlos in Bewegung. Den Rücken eng an die Wand gedrückt, schlich sie in Richtung ihrer Freunde. Der Tiger blickte kurz auf. Charly erstarrte in der Bewegung.

Dann hörte auch sie mehrere Stimmen, die sich näherten. Im selben Moment, in dem zwei Wärter auf den Platz bogen, sprang der Tiger auf und rannte los, das Fleisch noch immer im Maul. Sein Weg führte ihn direkt durch das Eingangstor aus dem Zoo hinaus. Die Wärter riefen überrascht nach ihren Kollegen. Charly sank erschöpft auf die Knie.

Wenig später standen die vier unversehrt, aber immer noch vor Schreck zitternd, vor dem Zoo-Eingang. Die Wärter hatten das ganze Gelände abgesucht, aber von dem entflohenen Tiger fehlte jede Spur. Er musste bereits über alle Berge sein.

„Also wirklich, Charly, das nenne ich Rettung in letzter Sekunde“, seufzte Arabella.

Charly sagte nichts. Sie beobachtete, wie ein alter, weißhaariger, aber schlanker und sehr aufrecht gehender Mann auf sie zukam. Besorgt wandte sich der alte Mann an Arabella: „Arabella! Ist Ihnen etwas passiert?“ Arabella schüttelte den Kopf. Der Mann warf nun einen besorgten Blick auf Charly, Lupe und Lenny. „Und den Kindern? Wie ich sehe, wurden sie von Ihnen rechtzeitig in Sicherheit gebracht.“ Charly grinste, als Arabella zur Klarstellung ansetzte: „Eigentlich war es andersherum, Herr Würzig. Charly Clever hat uns alle vor dem Tiger gerettet – dank ihres Mutes und ihrer Schlauheit.“

Würzig legte eine Hand auf Charlys Schulter und beugte sich ein wenig zu ihr hinab, sodass er sie mit seinen klaren, grauen Augen mustern konnte. Dann murmelte er: „So, Clever heißt du? Das scheint ein ganz passender Name für dich zu sein.“

Würzig ließ sich von Arabella genau berichten, was sich zugetragen hatte. Dann entschied er: „Wir werden die Polizei verständigen. Der Tiger kann draußen für die Menschen gefährlich werden. Er muss schnellstmöglich wieder eingefangen werden. Außerdem müssen wir herausfinden, wie er aus dem Käfig entkommen konnte.“ Er drehte sich zu Arabella: „Sie bringen die Kinder jetzt in meinem Wagen nach Hause. Und dann nehmen Sie sich für den Rest des Tages frei.“

Arabella antwortete mit einem bedauernden Kopfschütteln: „Das geht leider nicht, Herr Würzig. Ich habe doch heute Nachmittag den Termin mit Ihrem Neffen Theodor.“

Würzigs Gesicht verdüsterte sich, als er den Namen hörte. „Das ist bedauerlich. Aber Sie haben Recht. Den Termin sollten wir nicht verschieben.“

Einer der Zoowärter kam näher, worauf sich

Direktor Würzig entschuldigte und verabschiedete. Er musste sich um die Suche nach dem Tiger kümmern. Arabella ging mit ihren Besuchern zur Villa, wo drei Minuten später eine elegante Limousine vorfuhr.

Lenny gluckste begeistert: „Wow, das ist aber ein langes Auto!“

Doktor Lupe nickte: „Ein Maybach. Spezialanfertigung. Die werden nur für Staatsoberhäupter und Superreiche gebaut. Mit Klimaanlage, Fax, Telefon, Fernseher und Bordbar.“

Alle vier stiegen ein und versanken in den superweichen, lederbezogenen Polstersitzen. Der Chauffeur wollte eben losfahren, als ein Sportwagen die Einfahrt heraufschoss und mit quiet-

schenden Reifen neben ihnen zum Stehen kam. Am Steuer saß ein blonder junger Mann, der hektisch aus dem Auto ausstieg. Arabella verzog das Gesicht: „Theodor! Was macht der denn hier?"

Charly fragte: „Wolltest du dich nicht mit dem treffen?"

„Ja, schon. Aber erst später – und bei ihm zu Hause. Nicht hier."

Charly war neugierig geworden: „Wer ist dieser Theodor? Arm scheint der nicht zu sein."

Arabella lächelte gequält: „Das ist nicht sein Geld, das er ausgibt. Es ist das Geld vom alten Würzig. Theodor ist der einzige noch lebende Nachkomme. Dieser Typ wird einmal die Firma und Würzigs Millionen erben. Er bekommt schon heute jeden Monat einen dicken Scheck."

Charly grinste: „Vom Geldausgeben scheint er ja eine Menge zu verstehen."

Arabella nickte: „Das merkt der alte Würzig auch langsam. Er hat ihm letzte Woche den Geldhahn abgedreht."

Arabella öffnete die Wagentür, um auszusteigen. „Entschuldigt mich noch kurz. Ich bin gleich startbereit."

Sie schloss die Tür hinter sich und führte eine lebhafte Diskussion mit dem jungen Mann. Die Kinder konnten kein Wort verstehen.

Aus Langeweile und Neugier spielte Charly ein wenig mit der RFL herum – und erschrak ...

Seltsame Begegnung

„Ich glaube, mit dem stimmt was nicht“, murmelte Charly. Sie reichte die RFL an Lupe weiter, der sie ans Auge setzte und suchend durchschaute. Charly stupste ihn an. „Den Aktenkoffer. Schau dir den Aktenkoffer an.“

Lupe schwenkte auf den Koffer. Genau in diesem Moment jedoch legte Theodor den Koffer auf den Beifahrersitz. Lupe fluchte: „Durch Autotür und Koffer kann ich nicht sehen. Das ist doppelwandig. Was soll denn drin sein in dem Koffer?“

Charly antwortete flüsternd: „Ein Handy … und eine Pistole.“

Lupe erschrak: „Eine Pistole?“

Charly nickte. Lenny hatte alles gehört und rief: „Wo ist die Pistole? Ich will sie sehen.“

Charly wehrte ihn ab. „Sei still, Lenny. Ich muss nachdenken.“

Dabei beobachtete sie das Geschehen vor ihrem Auto aufmerksam. Arabella und Theodor redeten aufeinander ein. Charly suchte nach der Fensterkurbel, doch es gab keine. Schließlich entdeckte sie einen Knopf mit einem nach unten weisenden Pfeil. Sie drückte drauf, und die Scheibe senkte sich fast lautlos.

Sie hörte, wie Theodor schimpfte: „Also schön. Ich gehe. Aber Sie werden mir nachher einiges zu erklären haben ..."

Arabella schnaufte, doch sie verkniff sich eine Antwort. Theodor sprang in seinen Wagen, startete den Motor, wendete mit quietschenden Reifen und raste zur Grundstückseinfahrt.

Arabella atmete tief durch, drehte sich um und stieg zu den Kindern ins Auto.

„Puh, ist das ein Ekelpaket." Charly nickte. Lupe plapperte los: „Hast du gewusst, dass der Typ eine ... Auuuuhhhh ..."

Charly hatte ihrem Freund kräftig gegen das Schienbein getreten. Arabella schaute die beiden fragend an. Charly zuckte mit den Schultern.

„Mir ist der Fuß ausgerutscht. Ein kurzer Krampf. Passiert hin und wieder. Tut mir Leid, Lupe."

Böse funkelte dieser Charly an, hielt aber den Mund. Offensichtlich hatte er kapiert, dass Charly Arabella nicht unnötig beunruhigen wollte.

Der Wagen fuhr los. Arabella gab eine Runde Diät-Cola aus der Bordbar aus und plauderte über die Verhältnisse im Hause Würzig. Theodor war der einzige Sohn von Direktor Würzigs Bruder. Würzigs Ehe war kinderlos geblieben, seine Frau recht früh gestorben. Auch sein Bruder lag bereits auf dem Friedhof. Somit war klar, dass Theodor eines Tages das Würzig-Imperium erben würde. Doch kürzlich waren dem alten Würzig Bedenken gekommen. Er spielte mit dem Gedanken, sein ganzes Vermögen dem städtischen Zoo zu vermachen. Kein Wunder, dass der junge Theodor panisch reagierte. Arabella hatte heute Abend einen Termin, um ihm eine einmalige Abfindung anzubieten. Damit sollte er auf alle Erbansprüche verzichten.

„Und was hat Theodor mit seinem Besuch bei Würzig bezweckt?"

„Er wollte seinen Onkel sprechen. Vermutlich glaubte er, ihm die Idee mit dem Zoo ausreden zu können."

„Oder auslöschen ...", murmelte Lupe und fing dafür einen warnenden Blick von Charly ein.

Sie setzten zuerst Lupe ab. Kurz darauf stiegen auch Charly und Lenny vor ihrem Haus aus der großen Limousine.

Die beiden winkten Arabella nach.

Schließlich drehten sie sich um und betraten

das Treppenhaus des vierstöckigen Hauses. Hier wohnten sie mit ihren Eltern und sieben anderen Familien. Gleich nach ihnen betrat ein leicht gebeugt gehender Mann das Haus. Er hatte eine abgewetzte braune Aktenmappe unterm Arm und trug eine Hornbrille mit dicken Gläsern.

„Hallo, Papa!", rief Charly.

„Guten Morgen, oh, guten Tag", murmelte Wilhelm Clever und ging an den beiden vorbei.

Lenny hüpfte aufgeregt hinterher: „Stell dir vor, was wir erlebt haben."

Wilhelm Clever blieb stehen. „Ach, Charlotta, Leonhard, ihr seid's. Ich hätte euch beinahe nicht erkannt. Du siehst so verändert aus, Charlotta."

Er betrachtete Charly irritiert.

„Ich war vor zwei Wochen beim Frisör, Papa."

„Ja, ach, oh ja, schön. Kommt ihr mit nach oben?" Charly und Lenny sahen sich an und zuckten gleichzeitig die Schultern.

Ihr Paps war schon ein merkwürdiger Vogel. Er war Geschichtslehrer am städtischen Gymnasium und hatte eine Vorliebe für alles, was alt war.

Charly drückte es am liebsten so aus: „Dinge, die jünger als 500 Jahre sind, existieren für meinen Vater einfach nicht."

Wilhelm Clever war in der Geschichte bewandert wie ein Lexikon. Im wirklichen Leben aber war er ... nun ... einfach nicht ganz lebensfähig. Ehrlich gesagt war er sogar ganz fürchterlich naiv. Er ließ sich von jedem alles erzählen. Charly hätte ihn gern als Lehrer gehabt. Und als Vater? Na ja. Er war zwar lieb, aber wirklich nicht besonders aufregend.

Während Papa Clever in seiner Manteltasche nach dem Wohnungsschlüssel suchte, startete

Lenny einen zweiten Versuch: „Paps, wir wären fast von einem Tiger gefressen worden!"

„Um Gottes willen!" Lenny grinste Charly triumphierend an. Papa schlug sich vor die Stirn: „Jetzt habe ich meinen Schlüssel vergessen."

Nun lächelte Charly schadenfroh zu Lenny hinüber. Mit einem Griff in Papas linke Manteltasche förderte sie schwungvoll den Wohnungsschlüssel zu Tage. „Hier, Paps. In der linken Tasche, wo du ihn immer hast."

„So, ach ja, danke."

Im Flur erwartete sie ihre Mutter. Im Gegensatz zu ihrem Mann erfasste Monika Clever gleich die ganze Dramatik des Zwischenfalls in Würzigs Zoo.

Sie schüttelte immer wieder den Kopf, während sie Lenny und Charly zuhörte, die sich dauernd gegenseitig ins Wort fielen.

Ausnahmsweise wurde an diesem Abend bei den Clevers während des Abendessens der Fernseher eingeschaltet. In den Nachrichten wurde ausführlich über den entflohenen Tiger berichtet. Bisher fehlte jede Spur. Der alte Würzig hatte eine hohe Belohnung ausgesetzt – für Informationen, die zur Ergreifung des Tieres führten. Die Polizei hatte eine eigene Sondertelefonnummer geschaltet.

In der Nacht träumte Charly von Tigern. Mindestens ein Dutzend verfolgte sie durch die halbe Stadt ...

Am nächsten Morgen in der Schule war der Tiger natürlich *das* Thema. Immer wieder mussten Charly und Doktor Lupe neugierigen Klassenkameraden von ihrem Abenteuer im Würzig-Zoo berichten.

Am Nachmittag blieb Charly alleine in der Wohnung. Paps war in der Schule, Mama ging mit Lenny Hosen kaufen. Charly hätte eigentlich Hausaufgaben machen sollen, doch die Lust dazu wollte einfach nicht aufkommen. Sie schnappte sich die Fernbedienung und zappte durch die Kanäle. Im Lokalsender kam ein Livebericht über die Suche nach dem Tiger. Charly hörte, wie der Sprecher berichtete: „... ist vermutlich das erste Opfer des gefährlichen Raubtieres zu beklagen." Ein Foto wurde eingeblendet. Charly erschrak. Es war Arabella! Sie hörte den Sprecher sagen: „Die 25-jährige Arabella Benrich wird seit gestern

Abend vermisst. Nicht weit von der Stelle, wo sie zum letzten Mal lebend gesehen wurde, berichteten auch mehrere Zeugen vom Auftauchen des Tigers. Außerdem wurden eine merkwürdige Blutlache und ein Schuh der Vermissten gefunden. Von der Gesuchten fehlt bislang jede Spur. Arabella Benrich war als Privat ... krrr bei dem ... krrr ... Besitzer des ... krrr ..."

Dann sah Charly nur noch grau, untermalt von einem unangenehmen Rauschen.

Charly fluchte. Ausgerechnet jetzt setzte der Empfang aus.

Schon wieder! Mama hatte beim Wäscheaufhängen wohl sicher wieder die Satellitenschüssel auf der Dachterrasse verstellt.

Sie seufzte. Es half alles nichts. Wenn sie weiter fernsehen wollte, musste sie nach oben laufen.

Als Charly die Tür zur Dachterrasse öffnete, hielt sie inne. Hatte sie auf dem Dach gerade Schritte gehört?

Charly betrat die Terrasse und wusste sofort, dass etwas nicht stimmte. Die Satellitenschüssel hing nur noch lose am Mast. Ein Teil der Wäsche lag auf dem Boden verstreut.

Charly schaute sich um. Einige Kamine verdeckten die Sicht über das nur leicht geneigte Dach. Charly zog die RFL aus der Tasche, setzte sie ans Auge und begann zu frösteln ...

Achtung, Polizei!

Charly atmete tief durch. Dort drüben, hinter dem breiten Kamin saß er – der Tiger!

Charly sträubten sich sämtliche Haare. War das tatsächlich ein Zufall? Charly warf einen Blick auf die Tür ins Innere des Hauses. Langsam, ganz langsam setzte sie sich in Bewegung. Sie hatte erst einen Schritt zurückgelegt, als die Raubkatze hinter dem Kamin hervorlugte. Ein tiefes, lautes Knurren ließ Charly in der Bewegung erstarren. Blitzschnell kam der Tiger hervor und war mit nur zwei großen Sprüngen neben ihr auf der Dachterrasse gelandet.

Charly konnte sich vor Schreck nicht mehr rühren. Sie blickte einem der gefährlichsten Raubtiere der Erde direkt in die Augen, nur wenig mehr als zwei Meter von ihrer Nasenspitze entfernt.

Charly atmete tief durch. Sollte sie so enden wie

Arabella? Es musste noch eine Rettung geben. Vorsichtig, ganz langsam, bewegte sie ein Bein rückwärts. Dabei sprach sie beruhigend auf den Tiger ein. „Hör mal, Junge, ich bin kein geeignetes Futter für dich. Mein Fleisch ist viel zu zäh."

Der Tiger knurrte gefährlich und kam wieder einen Schritt näher.

Charly setzte den Fuß auf und zog den anderen vorsichtig nach. „Ich habe ein wunderbares Steak für dich im Kühlschrank. Ach, was sage

ich, eine ganze Schweinehälfte. Ich hole sie dir. Du wartest hier auf mich, in Ordnung?"

Der Tiger setzte sich und legte den Kopf schief. Hatte er sie wieder erkannt? Charly warf einen kurzen Blick über die Schulter. Die Tür war gut zwei Meter entfernt. Sie würde es riskieren müssen. Sie hatte ihren Gedanken noch nicht zu Ende gedacht, als der Tiger mit raschen Schritten auf sie zukam. Sein gefräßiges Maul war jetzt nur noch wenige Zentimeter von ihren Beinen entfernt.

Charly schaute ängstlich vor sich hinunter. Sie merkte, wie sie am ganzen Körper zu zittern begann. Obwohl es kühl war, rann ihr der Schweiß die Stirn hinab.

Charly schloss die Augen. Das war es also. Sie würde ihr kurzes Leben hier oben über den Dächern der Stadt beenden. Es gab nicht viele, die als Frischfutter für einen ausgebrochenen sibirischen Tiger ihr Leben ließen.

In ihrer Todesangst spürte Charly, wie die feuchte Nase des Tieres sie sanft anstupste.

Charly schlug die Augen auf. Wieder stupste der Tiger sie an, dann schmiegte er seinen Kopf an ihre Beine. Charly zögerte. Vorsichtig ließ sie ihre Hand hinab und begann, dem Tier zaghaft das Genick zu kraulen.

Der Tiger schnurrte. Charly schluckte. „Du willst mich nicht fressen? Du willst mit mir *spielen*?“ Ungläubig sah sie zu, wie der Tiger sich auf den Rücken drehte und ihr den Bauch darbot. Sie ließ sich auf die Knie nieder und begann, das weiche, dicke Fell mit beiden Händen zu streicheln. Offensichtlich erinnerte sich der Tiger daran, wie sie ihn im Zoo gefüttert hatte. Es war kaum zu glauben. Die ganze Stadt suchte nach einem Menschen fressenden Monster, und sie kraulte dem Tier hier oben auf der Dachterrasse das Fell.

In der Ferne hörte sie eine Polizeisirene. Auch der Tiger hielt inne und stellte die Ohren auf. Die Sirene kam näher. Es war nicht nur eine. Es musste sich um zwei oder mehr Fahrzeuge handeln.

Sie hörte, wie die Wagen in ihre Straße einbogen. Der Tiger sprang gehetzt auf. Charly redete ruhig auf ihn ein: „Du musst keine Angst haben. Niemand will dir etwas tun. He, wo willst du hin?"

Der Tiger knurrte, sprang aus dem Stand auf das Dach und verschwand mit großen Sätzen über die Dächer.

Charly schüttelte den Kopf. „Das glaubt mir keiner."

Sie warf einen Blick über die Brüstung. Unten sah sie mehrere Polizeifahrzeuge, die kreuz und quer auf der Straße hielten. Einige Polizisten drängten neugierige Passanten zurück, während ein Trupp Uniformierter in das Haus stürmte. Charly lief zurück in die Wohnung.

Kurze Zeit später klingelte es an der Wohnungstür. Charly warf mit ihrer RFL einen Blick durch die geschlossene Tür. Das ganze Treppenhaus war von Polizisten belagert. Teilweise trugen sie Sicherheitsanzüge, viele von ihnen waren bewaffnet. Charly steckte die RFL ein, atmete tief durch und riss mit einem Ruck die Tür auf.

„Guten Tag, die Herren. Was kann ich ... Hey!"

Mehrere bewaffnete Polizisten drückten sie unsanft zur Seite und stürmten die Wohnung. Dabei zielten sie mit ihren Waffen ängstlich in alle Richtungen. Ein Gesicht beugte sich zu Charly hinab: „Wo ist er?"

„Wer?"

„Der Tiger!"

„Welcher Tiger?"

„Bei euch auf der Dachterrasse wurde der entflohene Tiger gesehen. Wir haben Anrufe von zwei Nachbarn erhalten." Der Polizist drängte sie: „Los, sag es uns."

Charly bemühte sich, ein unschuldiges Gesicht zu machen. „Aber hier ist kein Tiger."

Keiner der Polizisten glaubte ihr. Die ganze Meute stürmte mit ihren Waffen auf die Terrasse. Vor Aufregung hätten die Gesetzeshüter beinahe eine Ladung Kugeln auf Mamas gestreiftes Abendkleid abgefeuert. Eine Weile betrachtete der Polizist, der sie befragt hatte, das Kleid. Es war orange-weiß gestreift. „Tja, es sieht so aus, als wären wir schon wieder einem falschen Alarm aufgesessen." Er zeigte seinen Kollegen das Kleid. „Aus der Entfernung kann man dieses Kleid wirklich für einen Tiger halten. Vor allem, wenn es im Wind an der Wäscheleine baumelt."

Die Polizisten zogen wieder ab. Drei Minuten später war der Spuk vorbei. Charly schloss die Tür hinter den Männern. Erschöpft ließ sie sich auf die Couch fallen.

Sie knipste den Fernseher an, um sich kurz abzulenken. Doch der zeigte noch immer nur grau. Vor lauter Aufregung hatte sie völlig vergessen, die Satellitenschüssel, die der Tiger vorhin verschoben hatte, neu auszurichten.

Plötzlich klingelte es erneut an der Tür.

Es war Doktor Lupe. Ein wenig bleich um die Nase sah er aus. Charly nickte: „Ich weiß, ich habe es im Fernsehen gesehen."

Lupe schlurfte in die Wohnung und ließ sich auf die Couch fallen.

Er schniefte: „Warum ausgerechnet Arabella? Ich meine, es gibt ein paar tausend Menschen in der Stadt. Warum musste er ausgerechnet meine Cousine anfallen?"

Charly zuckte mit den Schultern: „Es ist doch noch gar nicht raus, ob der Tiger sie wirklich angefallen hat." Dann ging sie in die Küche, um zwei Gläser Saft zu holen.

Doktor Lupe griff zur Fernbedienung. „Mal sehen, ob es was Neues gibt." Er schaltete das Gerät ein. „Was ist denn mit eurem Fernseher los?"

Charly schenkte den Apfelsaft ein und rief aus der Küche: „Kannst du vergessen. Der Tiger hat die Satellitenschüssel verstellt."

Es kam keine Reaktion. Charly füllte die Gläser, nahm in jede Hand eines und drehte sich um. Im Türrahmen stand Doktor Lupe, käsebleich im Gesicht. „*Wer* hat die Satellitenschüssel verstellt?"

„Du hast richtig gehört – der Tiger.“

Lupe sah Charly mit offenem Mund an. Die drückte ihm ein Saftglas in die Hand und lotste ihn zum Sofa. Dort berichtete sie ihm von ihrem Erlebnis auf der Dachterrasse – und dem Besuch der Polizisten. Schließlich schüttelte Doktor Lupe den Kopf. „Ich verstehe nicht, warum du der Polizei nicht gesagt hast, dass der Tiger hier war.“

Charly schmunzelte: „Weil die ihn erschießen, sobald sie ihn finden – obwohl er offensichtlich harmlos ist.“

„Harmlos? Na, hör mal! Immerhin hat er Arabella gefressen!“

Charly kratzte sich am Kopf. „Das glaube ich nicht.“

„Aber sie ist spurlos verschwunden.“

„Das heißt noch lange nichts. Wann wurde sie denn zuletzt gesehen?“

„Ich glaube, so gegen acht.“

„Und wo?“

„Am Sartoriuspark.“

Charly dachte nach. Dann stand sie auf und kramte in einer Kommode.

„Was suchst du?"

„Das Telefonbuch."

Charly blätterte und suchte. „Habe ich doch richtig vermutet, bitte schön: Theodor Würzig, Schlossgartenstraße 12."

„Ich weiß nicht, was du damit meinst."

Charly klappte das Telefonbuch zu und schnappte ihre Jacke von der Garderobe. „Komm mit, wir machen einen Besuch."

Eine halbe Stunde später standen sie vor einem ultramodernen Bungalow in der Schlossgartenstraße, nicht weit vom Sartoriusplatz entfernt. Vorsichtig lugten sie über die Hecke, die das Grundstück umgab. Charly streckte die Hand aus „Gib sie mir ..."

„Du hast sie doch immer noch in der Tasche!", brummte Doktor Lupe.

Charly sagte nichts und holte die RFL heraus. Sie ließ sich Zeit bei der Betrachtung des betongrauen Hauses.

Bühnenreif

„Ich glaube, da will jemand verreisen!“

Mit diesen Worten reichte Charly die RFL an Doktor Lupe weiter. Doktor Lupe grübelte: „Ich würde nur zu gerne wissen, was er in den Koffer stopft.“

„Na, dann lass uns doch nachschauen gehen.“ Charly bewegte sich schnurstracks auf den Eingang zu. „Hey, warte“, rief Lupe, verstaute die RFL und beeilte sich, Charly einzuholen. Kurz vor der Haustür erreichte er sie. Atemlos fragte er: „Und wie willst du das anstellen?“

Charly drückte bereits auf den Klingelknopf. Dabei drehte sie sich zu Doktor Lupe um und lächelte ihn an: „Willst du es wirklich wissen?“

Lupe nickte eifrig. Charly grinste: „Ich habe noch keine Ahnung.“

Die beiden hörten drinnen Schritte, die näher kamen. Dann war es still. Die Haustür wurde jedoch nicht geöffnet. Doktor Lupe zischte: „Los, lass uns abhauen."

Charly ließ sich nicht beirren und drückte erneut auf den Klingelknopf. Keine Reaktion. Lupe zupfte nervös an Charlys Ärmel. Aber auch das hinderte Charly nicht, ein weiteres Mal ungerührt auf den Klingelknopf zu drücken. Diesmal ließ sie den Finger drauf, sodass die Klingel im Haus einen schrillen Dauerton von sich gab.

Endlich wurde die Tür aufgerissen. Ein etwas ungepflegt aussehender Theodor stand im Flur und fauchte: „Was wollt ihr?"

Doktor Lupe schaute ängstlich zu Charly. Die

lächelte Theodor höflich an: „Ist Michi schon da? Er hat uns für heute Nachmittag zum Spielen eingeladen, gleich nach seinem Flötenkurs."

Theodor legte die Stirn in Falten: „Michi? Hier wohnt kein Michi!"

Charly schlug in gespielter Überraschung die Hände vor den Mund: „Sind wir denn hier gar nicht bei Brinkmeiers?" Lupe war genauso überrascht wie Theodor Würzig. Dieser schüttelte den Kopf, nun schon etwas freundlicher: „Nein, hier wohnt Würzig."

Charly machte ein trauriges Gesicht. „Oje, na dann ... Entschuldigen Sie bitte. Wir wollten Sie nicht stören."

„Schon gut, Kinder. Kann ja jedem mal passieren." Charly drehte sich um und ging in Richtung Straße zurück.

Gerade wollte Theodor Würzig die Tür schließen, als Charly sich plötzlich mit einem tiefen Seufzer an die Stirn griff und das Gleichgewicht verlor. Sie torkelte zwei Schritte, klatschte der Länge nach auf die Motorhaube von Würzigs

Sportwagen und rutschte dann langsam ab. Schließlich sank sie auf den Kies der Einfahrt. Lupe rannte zu ihr: „Charly!“ Auch Theodor Würzig kam angelaufen. Charly regte sich nicht. Lupe stammelte: „Was hast du? Charly, wach auf!“

Würzig beugte sich über das ohnmächtige Mädchen. Auf einmal schlug sie erst das rechte, dann das linke Auge auf. „Wo ... wo ... bin ich?“

Die Augen fielen wieder zu. Hilflos starrten Theodor und Lupe Charly an. Schließlich öffnete sie wieder beide Augen und stammelte: „Ich ... Zucker ... zu wenig, brauche ...“

Würzig meinte, sie verstanden zu haben: „Hast du Diabetes, Mädchen? Brauchst du Zucker?"

Kraftlos nickte Charly. Lupe stutzte. Davon, dass Charly Diabetes hatte, also zuckerkrank war, hatte er noch nie gehört. Theodor half ihr vorsichtig auf die Beine. Ihr Blick traf dabei Lupes. Für einen kurzen Augenblick huschte ein siegessicheres Lächeln über ihr Gesicht, und sie zwinkerte ihrem Freund zu.

Lupe und Theodor schleppten Charly ins Haus. Sie legten sie aufs Sofa. Charly tat so, als wäre sie völlig kraftlos und brachte sogar ein deutliches Zittern ihrer Hände zu Stande. Theodor verschwand in der Küche, um nach Traubenzucker zu suchen. Traubenzucker konnte für Diabetiker, deren Zuckerspiegel im Blut zu weit abgesunken war, lebensrettend sein. Sobald Theodor in der Küche verschwunden war, flüsterte Charly: „Los, geh hinterher und halte ihn auf. Ich suche nach dem Koffer."

Doktor Lupe nickte und lief hinter Theodor in die Küche. Charly lauschte kurz und hörte Lupes

Stimme: „Wissen Sie, sie hat das ab und zu mal, dann braucht sie unbedingt etwas Süßes. Sie wissen doch, dass Traubenzucker mit seinem besonders hohen spezifischen Gehalt an ..."

Charly sprang auf und schaute sich im Zimmer um. Von dem Koffer sah sie keine Spur. Auch sonst bemerkte sie nichts Verdächtiges. Schnell huschte sie quer über den Flur in das gegenüberliegende Zimmer, offensichtlich das Schlafzimmer Würzigs. Das Bett war zerwühlt und nicht gemacht. Ein geräumiger Bauernschrank nahm eine halbe Wand ein.

Vorsichtig öffnete Charly die Schranktür. Sie pfiff leise durch die Zähne. An einer Stange hingen etliche teure Anzüge. Ein Dutzend Seidenhemden lagen in den Fächern daneben. Der Kerl gab für seine Garderobe bestimmt mehr aus, als ihr Vater verdiente. Im unteren Schrankteil hatte sie Glück. Dort stand unübersehbar ein eleganter Koffer. Charly versuchte, ihn vorsichtig zu öffnen, aber er war abgeschlossen.

In diesem Moment zerriss das ohrenbetäubende Klingeln des Telefons die Stille.

Charly stürmte so schnell sie konnte zurück zur Couch. Doch als sie ins Zimmer bog, sah sie bereits, wie Theodor das Telefon direkt neben der Couch abnahm.

Sie stoppte abrupt und versteckte sich hinter der Tür. Sie hörte Theodor ärgerlich antworten: „Ich hab jetzt keine Zeit. Ich habe gerade was zu tun ... nein ... Ich rufe dich nachher zurück ...“

Charly linste vorsichtig um die Ecke und

wechselte einen Blick mit Doktor Lupe, der schulterzuckend in der Tür zur Küche stand.

Klar, wenn das Telefon klingelte, konnte auch Lupe den Mann nicht in der Küche festhalten. Charly achtete wieder auf Theodors Gespräch. Zu dumm, dass sie nur ihn und nicht seinen Gesprächspartner verstehen konnte.

„Nein, die Presse soll er nicht reparieren. Ich kümmere mich selbst drum ... Hörst du, auf gar keinen Fall. Ja, den Schlüssel habe ich mitgenommen ..."

Theodor legte auf und drehte sich zur Couch. Er stutzte, als er sah, dass Charly nicht mehr dort lag. Die schleppte sich geräuschvoll ins Zimmer: „Hab das Klo gesucht …"

Theodor zeigte es ihr und wartete davor, bis sie wieder herauskam. Dann begleitete er sie zurück zur Couch. „Gleich bringe ich den Traubenzucker." Lupe wollte Theodor wieder in die Küche folgen, doch Charly hielt ihn am Ärmel zurück. „Die RFL", flüsterte sie. Lupe seufzte und gab ihr das Gerät. Dann zeigte Charly ihm mit einer Kopfdrehung, dass er Theodor weiter ablenken sollte. Charly schlich zurück ins Schlafzimmer. Dort öffnete sie schnell den Schrank und fixierte mit der RFL den Koffer. Erst konnte sie nichts erkennen. Vermutlich waren die Kofferwände mit Metallstreben verstärkt. Sie stellte das Gerät ein. Das Bild wurde schärfer. Schließlich sah sie den Inhalt zum Greifen nahe vor sich.

Charly gefror das Blut in den Adern.

Ein Koffer voller Spuren

Charlys Gehirn arbeitete fieberhaft. Keiner der Gegenstände in diesem Koffer gehörte Theodor. Eindeutig gehörten der Schuh und die Handtasche – Arabella!

In diesem Moment ertönte aus dem Wohnzimmer Theodors Stimme: „Wo steckt sie nun schon wieder?“

Charly steckte die RFL ein, schloss die Schranktüre und flitzte auf den Flur. Dort kam sie gleichzeitig mit Theodor an. Er stutzte. „Dir geht es aber schnell wieder besser – ganz ohne Zucker.“

Charly lächelte freundlich: „Ich hab noch ein Stück Traubenzucker in meiner Tasche gefunden ...“

„So?“ Theodor klang nicht sehr überzeugt.

„Ja, und mir geht es schon wieder ganz gut. Vielen Dank, dass Sie uns geholfen haben.“

Charly ging rückwärts Richtung Haustür. Lupe

drängte sich im engen Flur an Theodor vorbei zu Charly. „Also, danke nochmals. Aber wir müssen jetzt dringend nach Hause."

„So? Ich dachte, ihr wolltet zu Brinkmeiers?"

Charly öffnete die Haustüre.

„Brinkmeiers? Äh, ach ja. Stimmt. Also, tschüss." Blitzschnell waren sie draußen und stürzten die Einfahrt hinunter zur Straße. Sie hielten erst inne, als sie hinter der Hecke verschwunden waren.

Doktor Lupe stöhnte: „Puh, Charly. Mach so was nie wieder, ohne mir vorher Bescheid zu sagen. Ich bin nur noch ein Nervenbündel."

Charly gab sich unbeeindruckt. „Warte erst mal ab, bis du hörst, was ich entdeckt habe."

Sie erzählte es ihm. Lupe war wirklich beeindruckt: „Dann ist Arabella gar nicht vom Tiger angefallen worden?" Charly schüttelte den Kopf: „Vermutlich nicht. Irgendwie hat Theodor mit ihrem Verschwinden zu tun. Aber ich habe keine Ahnung, warum und wie und vor allem *wo* Arabella jetzt ist."

Die beiden hörten, wie die Haustür zugeschlagen wurde.

Über die Hecke hinweg konnten sie sehen, wie Theodor, jetzt mit Sonnenbrille, zum Heck seines

Sportwagens ging. Nervös blickte er immer wieder um sich, öffnete den Kofferraum und warf mit Schwung den geheimnisvollen Koffer hinein. Dann setzte er sich hinter das Steuer und fuhr los.

Charly und Lupe drückten sich in die Hecke, um nicht gesehen zu werden. Doch Theodor bog in die andere Richtung ab.

„Was jetzt?“, fragte Lupe. Charly schaute auf ihre Uhr: „Jetzt gehen wir zuerst einmal zum Abendessen. Es ist kurz vor sechs.“

Lupe erschrak. Auch er musste um diese Zeit eigentlich zu Hause sein. Gemeinsam liefen sie mit hastigen Schritten los. Lupe war immer noch aufgeregt: „Und wie soll's weitergehen? Sollen wir die Polizei anrufen?“

Charly tippte sich an die Stirn: „Und was willst du ihnen sagen? Dass ich doch den Tiger auf unserer Terrasse getroffen, aber gelogen habe? Dass wir mit deiner RFL in einem verschlossenen Koffer in Theodors Schrank Kleider gesehen haben, die Arabella gehörten, der Koffer aber leider spurlos verschwunden ist? Die halten uns doch für bekloppt.“

Lupe dachte nach: „Aber was dann? Alle Welt glaubt doch, der Tiger habe Arabella gefressen.“

Charly nickte. „Ebendarum müssen wir Beweise für das Gegenteil finden.“

„Den Koffer?“

„Noch besser: Arabella. Und den Tiger!“

„Den Tiger?“

„Wenn die Polizei ihn vor uns findet, machen sie kurzen Prozess mit ihm. Die halten ihn doch für einen Menschenfresser. Dabei ist er unschuldig wie ein Lämmchen.“

Lupe verstand: „Und wenn sie ihn erlegt haben, können wir das nie mehr beweisen.“

„Stimmt!“

Lupe kratzte sich am Kopf: „Aber wie sollen wir Arabella oder den Tiger finden?“

„Darüber denke ich heute Abend nach.“

Sie waren vor Lupes Haus angekommen und verabschiedeten sich. Charly rannte los, sie kam ohnehin schon zu spät. Vor ihrer Wohnungstür hielt sie kurz inne und drehte an ihrer Uhr. Dann drückte sie auf die Klingel.

Mama öffnete mit missbilligendem Blick: „Du bist spät dran. Zu spät, um genau zu sein.“

Charly machte ein überraschtes Gesicht. „Zu spät? Aber es ist doch erst halb sechs.“

Sie reckte ihre Armbanduhr unter Mamas Nase. Ihre Mutter prüfte sie mit einem kritischen Blick: „Oh, ich schätze, deine Uhr braucht eine neue Batterie."

Charly zog blitzschnell die Jacke aus und huschte an den Essenstisch. Es duftete köstlich nach Fischstäbchen. Eines von Charlys Lieblingsgerichten. Leider waren nur noch acht Stück übrig. Lenny kicherte: „Wer zu spät kommt ..."

Charly brachte ihren Bruder mit einem bösen Blick zum Schweigen. Dann erst begrüßte sie ihren Essensgast: „Hallo, Opa!"

Opa Clever zwinkerte ihr zu: „Lass mich raten, deine Uhr ging nach ..."

Charly schluckte kurz, dann hatte sie sich wieder gefasst. Sie spießte mit ihrer Gabel drei Fischstäbchen nacheinander auf und schaufelte sie auf ihren Teller. „Woher weißt du das?"

Opa grinste: „Es war nur so eine Ahnung."

Während Charly die Fischstäbchen in sich hineinstopfte, lächelten Opa und sie sich an.

Opa und Charly verstanden sich prima. Und sie

hatten eine Menge Geheimnisse miteinander. Mit seinen 68 Jährchen war Opa Clever lange noch nicht verkalkt. Als ehemaliger Beamter der Kriminalpolizei war er für Charly oft eine große Hilfe. Obwohl er es gar nicht gerne sah, dass seine Enkeltochter sich immer wieder in gefährliche Abenteuer verstrickte. Unschlagbar war Opa jedoch immer, wenn er Charlys Eltern dazu brachte, angesichts ihrer Unternehmungen nicht an die Decke zu gehen.

Charly überlegte. Als sie ihr letztes Fischstäbchen

verschlungen hatte, fixierte sie ihren Opa, der gerade genüsslich seinen Kaffee schlürfte. Opa sagte nichts, schien aber verstanden zu haben. Er schnappte sich seinen Kaffee. „Ich muss mal an die frische Luft."

Wenig später folgte Charly ihrem Opa auf die Dachterrasse. Er drehte sich um und schaute sie aufmunternd an.

„Du hast was auf dem Herzen, Mädchen."

Charly holte tief Luft. „Es ist wegen des Tigers."

„Ich weiß."

„Du weißt? Wieso ..."

Opa stellte seine Kaffeetasse auf dem Geländer ab und breitete die Arme aus. „Ich kenne meine Enkeltochter. Und ich sehe Nachrichten." Er beugte sich hinab und zwinkerte Charly verschwörerisch zu. „Und ich verfüge nach wie vor über gute Kontakte zur Kripo."

Opa richtete sich auf: „Sprich weiter!"

Charly erzählte. Und weil sie ihren Großvater kannte, erzählte sie ihm gleich alles. Opa war bei der Kripo Verhörspezialist gewesen. Er würde sowieso jede Kleinigkeit herausfinden, die sie ihm verschweigen würde.

Opa war beeindruckt: „Prima, kaum lässt man dich drei Tage in Ruhe, hast du dich wieder Hals über Kopf in eine vertrackte Lage gebracht."

„Was jetzt, Opa?"

„Nichts! Du unternimmst gar nichts. Ich rufe heute Abend noch bei meinen Exkollegen an. Mal sehen, wie wir die Sache geradebiegen und diesem Theodor auf die Schliche kommen können."

„Und was kann ich tun?"

„Mach es wie der Tiger: Tauche einfach ab. Geh ins Bett und morgen früh in die Schule. Warte, bis ich dich anrufe, aber um Gottes willen: Halte dich von allem fern, was Theodor oder Tiger heißt."

Charly versprach es.

Nachdem Opa gegangen war, spülte Papa ab, und Mama brachte Lenny ins Bett. Charly saß währenddessen in ihrem Zimmer. Sie grübelte.

Wie sollte sie das Nichtstun aushalten, bis Opa sich endlich melden würde?

Bei diesem Gedanken schaute Papa zur Tür herein. „Hast du eine Ahnung, wo mein Diaprojektor geblieben ist? Ich habe eine neue Diareihe über das alte Kreta und wollte sie prüfen, bevor ich sie morgen in der Schule zeige."

Charly nickte: „Auf dem Speicher. Wenn ich ihn dir hole, darf ich die Dias dann mit anschauen?"

Papa nickte: „Klar doch."

Charly verließ die Wohnung und ging ein Stockwerk höher, wo alle Mieter des Hauses jeweils einen hölzernen Verschlag besaßen. Sie knipste das Licht an, doch es blieb dunkel. Sicher war die Glühbirne wieder defekt. Wie sollte sie in dieser Dämmerung hier etwas finden? Nur die Umrisse größerer Gegenstände waren auszumachen.

Aber sie hatte ja noch die RFL in der Tasche. Die funktionierte auch bei fast völliger Dunkelheit.

Durch die Lupe schweifte ihr Blick über den Dachboden ...

Charly stutzte.

Umzug bei Nacht

Der Tiger! Dort hinter der großen Kiste hatte er sich zur Ruhe gelegt. Hier war also sein Versteck.

Es war ein idealer Ort. Hier oben kam fast nie jemand hin. Vom Dach aus war es gut zu erreichen. Charlys Blick fiel auf die offen stehende Dachluke, die wegen der Belüftung nie fest verschlossen war. Sie schnüffelte. Natürlich. Hier oben hängte ihre Nachbarin, die alte Frau Brennstock, immer ihre Landsalami zum Trocknen auf. Futter hatte der Tiger also auch genug.

Gespannt beobachtete Charly durch die RFL, wie der Tiger schwanzwedelnd näher kam. Schnurrend schmiegte er sich an sie. Sie steckte das Gerät weg und kraulte ihm den Nacken.

Was jetzt? Charly hatte eine Idee. Sie lockte den

Tiger zum Verschlag der Clevers. Dort schnappte sie sich Papas Diaprojektor und verschloss hinter dem Tiger die Holztür. So konnte er ihr nicht wieder über die Dächer entwischen.

„Hab keine Angst. Ich will nur verhindern, dass du einem schießwütigen Polizisten vor die Flinte läufst." Der Tiger maunzte, fast so, als wollte er ihr versichern, dass er ihr vertraute.

Sie brachte Papa den Projektor und versuchte dann, Opa anzurufen. Doch der Anschluss war ständig besetzt. Bestimmt telefonierte er mit seinen ehemaligen Kollegen bei der Kripo.

Ungeduldig schaute sie sich Papas Diareihe an. Es waren ausschließlich Bilder von antiken Vasen. Als Papa fertig war, gähnte Charly. Also schickte Mama sie ins Bett. Doch Charly durfte auf keinen Fall einschlafen. Mit einem kalten Waschlappen auf dem Bauch lag sie über eine Stunde wach. Endlich gingen auch ihre Eltern ins Bett. Charly ließ noch eine weitere halbe Stunde verstreichen, bis sie sich absolut sicher war, dass die beiden eingeschlafen waren.

Nun erst wagte sie aufzustehen. Leise und vorsichtig huschte sie zum Telefon. Das Kabel war so lang, dass sie den Apparat mit in ihr Zimmer nehmen konnte. Wieder wählte sie Opas Nummer und wartete geduldig.

Ob er schon schlief?

Dann endlich, nach dem neunten Klingeln, hörte sie Opas verschlafene Stimme. „Oh, du bist es, Charly. Warum schläfst du noch nicht?"

„Ich bin zu aufgeregt. Hast du etwas erreicht?"

Opas Stimme wurde etwas unsicher. „Ja – und nein. Meine Exkollegen werden sich Theodor vorknöpfen. Er wird ab sofort observiert. Wenn er sich irgendwie verdächtig macht oder seine Spur gar zu Arabella führt, dann schlagen sie zu."

„Ist doch prima!"

„Schon, aber wir haben ein anderes Problem."

Charly ahnte es.

„Ist es wegen des Tigers?"

„Ja. Die Presse hat bereits die halbe Bevölkerung in Panik versetzt. Deshalb haben sich die Chefs von ganz oben eingeschaltet. Seit heute Morgen ist unsere Polizei nicht mehr zuständig. Zwei Einheiten des Sonder-Einsatzkommandos sind in der Stadt. Sie suchen den Tiger mit speziell ausgebildeten Hunden und modernsten Geräten. Sie haben sofortigen Schießbefehl."

„Nein!"

Opa seufzte: „Leider doch."

Charly überlegte kurz: „Hast du ihnen erzählt, dass ich den Tiger auf der Terrasse gesehen habe?"

Opa zögerte. „Ja. Und natürlich müssen sie das auch weitermelden. So sind die Regeln. Sie sind eben Beamte. Die bekommen sonst eine Menge Ärger. Das verstehst du doch?"

Charly verstand. Opa versprach ihr, sie morgen Mittag, gleich nach der Schule, wieder anzurufen. Charly legte auf.

Lange saß sie so im Dunkeln. Spätestens mor-

gen früh würde garantiert ein Trupp schwer bewaffneter Polizisten hier auftauchen. Charly fasste einen Entschluss. Sie zog sich an und schlich aus der Wohnung.

Am nächsten Morgen empfing Charly Doktor Lupe ziemlich übernächtigt, aber offensichtlich gut gelaunt in der Schule. Sie wartete die ersten drei Stunden bis zur großen Pause ab. Dann zog sie Lupe mit sich Richtung Schulhof. Auf dem Weg quer über den Hof erzählte sie ihm von ihrem Gespräch mit Opa – und davon, wie sie den Tiger auf dem Dachboden gefunden hatte. Lupe kam aus dem Staunen nicht mehr heraus.

Als sie ihm berichtete, dass das Einsatzkommando Jagd auf den Tiger machte, war Lupe entsetzt. „Die werden doch garantiert jedes Versteck in eurer Straße untersuchen. Die finden ihn hundertprozentig.“ Lupe ereiferte sich. „Du hast ihnen das arme Tier auf dem Präsentierteller serviert!“

Die beiden waren am Ende des Schulhofs angekommen und bogen um die alte Turnhalle. Resigniert meinte Lupe: „Bestimmt ist er jetzt schon tot.“ Charly erwiderte darauf nichts. Stattdessen ging sie die Außentreppe zum Keller der Turnhalle hinunter. Lupe blieb stehen. „Wieso schleifst du mich eigentlich hierher?“

Charly schloss die Tür auf, lächelte und betrat den Kellerflur unter der alten Turnhalle. Schon fast ein Jahr wurden diese Räume nicht mehr benutzt. Seitdem gab es die neue Mehrzwecksporthalle auf der anderen Seite der Schule. Lupe folgte ihr.

„Wo hast du eigentlich den Schlüssel her?“, fragte er.

Charly blieb vor einer der Türen stehen.
„Ich hab mal gesehen, wie der Hausmeister hier herauskam und den Schlüssel unter einem Stein versteckte. Aber jetzt: Bitte eintreten!“
Als Charly die Türe öffnete, starrte Lupe direkt in die Augen des Tigers, der gemütlich auf einer alten Matratze lümmelte. Doktor Lupe schreckte zurück, ließ sich aber von Charly beruhigen. Erst nachdem der Tiger ihn ausgiebig beschnüffelt hatte, entspannte sich auch Lupe so weit, dass er keine Angst mehr vor dem Tier hatte. Charly be-

richtete Lupe, wie sie den Tiger in der Nacht hierher geschafft hatte. „Wir waren über eine Stunde unterwegs, weil wir uns immer wieder verstecken mussten, sobald ein Auto oder ein Passant auftauchte."

Lupe war beeindruckt: „Du verblüffst mich immer wieder. Aber wie lange willst du den Tiger hier verstecken? Ewig geht das nicht."

„Müssen wir auch gar nicht. Mein Opa wird das schon –"

Lupe stutzte und unterbrach Charly mitten im Satz: „Hörst du das auch?"

Draußen vor dem Keller erklang Hundegebell. Sie hörten Stimmen, jedoch zu undeutlich, um sie zu verstehen. Charly reagierte schnell. „Du bleibst hier, ich schau nach."

Sie hastete aus dem Raum, den Gang entlang bis zur Kellertür. Draußen konnte sie deutlich die Schritte von Stiefeln, Hundegebell und Stimmen hören. Blitzschnell fummelte sie den Schlüssel aus der Tasche und schloss die Tür von innen ab. Gerade rechtzeitig, denn schon wenige Sekunden später versuchte jemand, die Tür von außen zu öffnen. Charly ging ein paar Schritte zurück und kramte die RFL aus der Tasche ...

Auf der Flucht

Das Sonder-Einsatzkommando war ihnen auf den Fersen. Charly fluchte. Die Spürhunde mussten heute Morgen in ihrem Haus die Spur des Tigers aufgenommen und bis hierher verfolgt haben. Charly hatte selbst bemerkt, wie streng das Tier roch.

Jetzt saßen sie in der Falle. Soweit sie wusste, hatte der Keller der Turnhalle nur einen Ausgang. Sie sprach sich selbst Mut zu. „Los, Charly, lass dir was einfallen. Du findest doch sonst immer einen Weg." Schnell lief sie den Flur zurück. Doch der Boden war glitschig. Charly rutschte aus. Zum Glück konnte sie sich mit den Armen abfangen. Beim Aufstehen merkte sie, dass sie auf einer Bodenklappe stand. Kurz entschlossen öffnete sie die Klappe – und rief verblüfft: „Die Kanalisation! Lupe, schnell, komm her."

Während die Polizisten immer heftiger an der

Tür rüttelten, erklärte sie Lupe ihren Fluchtweg. Der war begeistert, weitaus weniger freute sich dagegen der Tiger. Draußen warfen sich mehrere Polizisten gleichzeitig mit voller Wucht gegen die altersschwache Tür. Mühsam bugsierten Charly und Lupe das große Tier hinab in den niedrigen,

stinkenden Gang. Immerhin war er trocken, abgesehen von einem dünnen Rinnsal auf einer Seite.

Endlich hatten sie den Tiger unten. Nachdem Lupe hinterhergesprungen war, folgte auch Charly und griff nach der Klappe. In diesem

Moment sprang oben krachend die Tür aus den Angeln. Eingehüllt in eine dicke Staubwolke, stürzten die Polizisten samt Mauerstücken und Bruchwerk in den Flur. Als sich der Staub legte, sahen die Verfolger nichts als einen leeren Gang.

Unterdessen krochen Charly, Lupe und der Tiger schweigend den stinkenden Gang entlang. Nach einigen Metern kamen sie an eine Abzweigung. In einem der beiden Gänge stand die unangenehme Brühe fast 20 Zentimeter hoch.

In den bogen sie ein. Lupe ekelte sich, aber Charly zischte: „Nur so verlieren die Hunde unsere Spur. Es ist unsere einzige Chance!"

Über eine Stunde und viele Abzweigungen später entdeckten sie einen schwachen Lichtschein. Kurz darauf standen sie unter einem Kanaldeckel. Charly linste durch den Deckel.

Dann grinste sie: „Wir sind am alten Busbahnhof. Von hier ist es nicht weit bis zu Opas Haus."

„Dann nichts wie hin." Lupe wollte hochklettern, doch Charly hielt ihn zurück: „Nicht jetzt. Draußen ist es taghell. Da werden wir sofort entdeckt. Wir warten, bis es dunkel ist."

Die Stunden vergingen quälend langsam. Endlich wurde Charly von Lupe wachgerüttelt. Sie war eingeschlafen. „Draußen ist es dunkel", drängte Lupe.

Seufzend machten sie sich auf den Weg. Eine halbe Stunde später standen sie vor Opa Clevers kleinem Häuschen. Drinnen brannte Licht. Charly klingelte. Opa öffnete die Tür. Zum ersten Mal erlebte Charly ihn sprachlos. Er starrte mit offenem Mund von Charly zu Lupe, dann zum Tiger. Schließlich knallte er die Tür wieder zu. Charly klingelte noch einmal.

Einige Sekunden geschah nichts. Entschlossen wurde die Türe wieder geöffnet.

Opa wirkte resigniert: „Also gut, ihr seid keine Einbildung. Kommt rein!"

Die drei trotteten hinter Opa her in seine gute Stube. Opa ließ sich erschöpft in seinen Sessel fallen und fragte: „Also?"

Charly berichtete von ihrer atemlosen Flucht. Opa zog mehrmals die Augenbrauen hoch, sagte aber nichts. Schließlich fasste er zusammen: „Ihr zwei habt also das komplette Sonder-Einsatzkommando ausgetrickst und seid damit polizeilich gesuchte Flüchtige in Begleitung eines Menschen fressenden Ungeheuers."

„Angeblich!", fuhr Charly dazwischen.

„Für die Polizei ist es Tatsache. Jedenfalls sitzt ihr in meinem Wohnzimmer und erwartet, dass ich *das* wieder geradebiege!"

Charly und Lupe nickten heftig. Der Tiger schnurrte, trabte heran und kuschelte sich an Opas Bein. Opa betrachtete ihr irritiert.

„Übrigens gibt es nicht das geringste Anzeichen dafür, dass Theodor etwas mit Arabellas Verschwinden zu tun hat. Er hat nichts Verdächtiges unternommen und war die ganze Zeit zu Hause. Und weil die gesamte Polizei euch beiden und

dem Tiger auf den Fersen ist, wurden meine Exkollegen von der Beobachtung abgezogen."

Charly dachte nach: „Ist er immer noch zu Hause?"

„Nach dem Mittagessen ist er zu seinem Schrottplatz gefahren. Dort wurden die Kollegen heute Nachmittag dann wegbeordert."

Lupe fragte nach: „Schrottplatz?"

„Ja, ihm gehört eine Autoverwertung am Stadtrand. Er arbeitet natürlich nicht selbst dort. Er hat einen Geschäftsführer und ein halbes Dutzend Angestellte, aber das Unternehmen läuft auf seinen Namen." Opa sah Charlys Gesicht. „Was hast du?"

Charly saß stocksteif auf dem Sofa und blickte starr geradeaus. Ungläubig wiederholte sie das Wort „Schrottplatz".

Opa wurde ungeduldig. „Ja, Schrottplatz. Da wo sie alte Autos sammeln und zu Schrottballen pressen, was nicht mehr verwertbar ist."

Charly klatschte sich an die Stirn. „Das ist es. Warum bin ich da nicht gleich draufgekommen?"

„Worauf?", fragte Opa.

„Der Schrottplatz. Er hat sie auf dem Schrottplatz versteckt. Und ich kann dir auch genau sagen, wo!"

„Wie das? Kannst du hellsehen?"

„Nein, aber hinhören."

Opa schaute Charly verwirrt an. Sie beeilte sich zu erklären: „Als wir bei Theodor in der Wohnung waren, hat er einen Anruf bekommen. Er reagierte sehr ungehalten und sagte dem Anrufer, die Presse solle auf gar keinen Fall repariert werden. Er würde sich selbst drum kümmern. Das hat er sogar extra wiederholt, damit der andere es mitbekam."

Opa schwieg kurze Zeit. Dann räusperte er sich: „Also gut. Wir haben keine Zeit zu verlieren. Wir fahren hin."

Opa verließ das Haus und fuhr seinen alten Kombi rückwärts vor die Haustür. Erst als er das Signal gab, durften Lupe und Charly mit dem Tiger blitzschnell zum Wagen flitzen. Opa schloss Haustür und Heckklappe, dann ging es los.

Nur wenig später erreichten sie den Schrottplatz am Stadtrand. Er lag mitten in einem heruntergekommenen Industriegebiet. So spät am Abend war dort nicht viel los. Sie parkten den Kombi einige Meter entfernt.

Lupe blieb mit dem Tiger im Wagen sitzen. Opa und Charly schlichen sich vorsichtig heran. Der Schrottplatz war von der Straße durch einen sumpfigen Graben getrennt und mit einer hohen Mauer umgeben. Sie stiegen über den schmalen Graben zwischen Gehweg und Mauer. Opa stellte sich rückwärts an die Wand, und Charly kletterte auf seine Schultern. So konnte Charly über die Mauer linsen. Es war in der Zwischenzeit stockdunkel. Nur einige Scheinwerfer erleuchteten den Platz. Er stand voller Autowracks. Eine große und eine kleine Hütte lagen nur wenige Meter von der Mauer entfernt. Aus der größeren drang Licht. Charly holte die RFL aus der Tasche ...

Erpressung in der Presse

„Du kannst mich runterlassen“, flüsterte Charly. Unten erklärte sie Opa die Lage: „Theodor und ein anderer Mann sind in einer Hütte nahe der Mauer.“

„Woher weißt du das?“

Charly lächelte und hielt die RFL hoch, sodass Opa sie sehen konnte. Der schüttelte den Kopf. „Ich vergaß die Wunderlupe von unserem kleinen Einstein. Das Ding ist ja wirklich Gold wert.“

In diesem Moment rollte das mächtige Einfahrtstor zur Seite. Opa und Charly erschraken. Die beiden standen ohne jede Deckung wie auf dem Präsentierteller da. Blitzschnell ließen sie sich in den schmalen Graben zwischen Gehweg und Mauer fallen – und landeten im Matsch. Opa fluchte: „Für so etwas bin ich eigentlich zu alt.“ Charly, die ohnehin immer noch nach Kanalisation stank, trug es mit Fassung.

Sie beobachteten, wie ein Jeep aus der Einfahrt kam und kurz anhielt. Ein Mann saß darin, aber es war nicht Theodor.

Dann bog das Auto auf die Straße ein und fuhr schnell an ihnen vorbei. Noch bevor er außer Sichtweite war, glitt das Tor wieder zu.

Opa und Charly rappelten sich auf. Opa schimpfte: „So schmutzig bin ich in meinen ganzen vierzig Dienstjahren nicht geworden."

Charly schrie: „Deckung!", und zog Opa wieder in den Graben. Ein Schweinwerferpaar kam langsam die Straße entlang. Atemlos erkannten sie, dass es sich um einen Polizeiwagen handelte. Aber er hatte ein fremdes Nummernschild. Opa flüsterte: „Das ist ein Wagen des Sonder-Einsatzkommandos."

Langsam fuhr der Wagen an ihnen vorbei. Er hielt vor der Einfahrt zum Schrottplatz. Opa und Charly beobachteten, wie der Pkw einige Sekunden stehen blieb und sich dann langsam wieder in Bewegung setzte. Offensichtlich suchten sie noch immer nach dem Tiger. Als der

Wagen verschwunden war, kamen Opa und Charly aus der Versenkung.

„Und jetzt?“, fragte Opa.

Während die beiden überlegten, was sie unternehmen konnten, war der Polizeiwagen weitergefahren und jetzt auf Höhe von Opa Clevers Kombi angelangt, in dem Lupe und der Tiger saßen. Die beiden duckten sich tief auf die Ladefläche. Doch das Auto hielt direkt neben ihnen. Lupe zitterte am ganzen Körper. Er schloss die Augen und drückte den Kopf des Tigers nach unten. Gleich würde die Heckklappe aufgerissen, und dann wäre alles aus.

Doch nach einer halben Ewigkeit setzte sich der Wagen wieder in Bewegung. Erst eine ganze

Minute später traute Lupe sich, den Kopf zu heben. Von dem Polizeiwagen sah er keine Spur mehr. Tief atmete er durch. Lupe tätschelte den Tiger. „Mann, haben wir ein Glück."

Charly war anderer Meinung: „Mann, haben wir ein Pech. Auf das Grundstück kommen wir nie."

Opa zuckte mit den Schultern. „Vielleicht ist es ohnehin schon zu spät."

Charly schaute zur Mauerkrone: „Kannst du mich noch mal hochheben? Vielleicht gibt es was Interessantes zu sehen."

Seufzend stellte Opa sich noch einmal an die Mauer. Mit geübtem Griff und Tritt hatte Charly schnell wieder seine Schultern erreicht. Oben angekommen, schob sie ihren Kopf vorsichtig über die Mauerkrone. Charly erschrak.

Theodor hatte gerade die Hütte verlassen und bewegte sich über den Hof auf die riesige Schrottpresse zu. In der einen Hand hielt er eine Taschenlampe, in der anderen eine bedrohlich schimmernde Pistole.

Charly schluckte.

Sie sah Theodor, die Pistole und die Hütte nahe der Mauer. Ihr Entschluss stand in diesem Moment fest. Schnell zog sie sich mit beiden Händen auf die Mauerkrone. Hinter ihr zischte Opa: „Was machst du? Komm runter, Charly!"

Charly balancierte auf der Mauer drei Meter weiter in Richtung Hütte. Dort hielt sie kurz inne und sprang mit einem Satz auf das Dach hinunter. Sicher landete sie auf allen vieren. Doch das Dach war steil. Sie begann abzurutschen. Fieberhaft suchten ihre Hände nach einem Halt. Auf dem glatten Dach fand sie keine Möglichkeit, ihren Sturz zu verhindern. Unaufhaltsam rutschte Charly ab. Langsam kippte sie über die Dachkante und bekam im letzten Moment mit ihrer rechten Hand die Regenrinne zu fassen.

An einer Hand baumelte sie an der Dachrinne und schaute nach unten. Zum Glück war der Schuppen nicht hoch. Sie schwebte mit den Füßen vielleicht einen Meter über dem Boden.

Charly ließ sich los. Unten knallte sie direkt auf

einen Stapel alter Autostoßstangen. Es gab einen Höllenlärm. Selbst Opa hinter der Mauer zuckte unwillkürlich zusammen, als er das Scheppern hörte. Er lauschte, doch es blieb zunächst still.

Auf der Innenseite der Mauer befühlte Charly gerade ihr schmerzendes Bein, als sie in den Lichtkegel einer Taschenlampe blickte.

„Du hier? Schnüffelst du mir immer noch hinterher?“

Charly schützte ihre Augen mit dem Handrücken gegen das grelle Licht.

„Los, raus mit der Sprache, was hast du hier zu suchen?"

Charly wusste, dass Ausreden ihr nicht helfen würden. Also entschloss sie sich zu einem Bluff: „Arabella!"

Theodor wurde still. Schließlich zog er sie hoch. „Komm mit. Du sollst deine Arabella sehen."

Opa, der konzentriert durch das Eingangstor schaute, konnte noch immer nichts sehen. Da tippte ihm eine Hand von hinten auf die Schulter. Opa fuhr erschrocken herum. „Was ist los? Ich habe einen Mordslärm gehört."

Lupe stand neben ihm. Opa atmete tief durch: „Hast du mich erschreckt. Wo ist der Tiger?"

„Im Kombi. Ich habe die Türen gut verschlossen. Aber ich musste sehen, was bei euch los ist." Opa erzählte es ihm. Lupe hörte zu, plötzlich unterbrach er Opa. Er flüsterte: „Schau mal! Da ist Charly."

Die beiden sahen, wie Theodor sie mit der Pistole in der Hand vor sich hertrieb.

Charly und Theodor gingen bis zur Schrottpresse, einem hohen, schwarzen Bau. Theodor dirigierte sie eine Außentreppe hinauf bis zu einer schweren Stahltür. Er schloss auf und schubste Charly hinein. Im Licht von Theodors Taschenlampe sah Charly eine am Boden zusammengekauerte Gestalt. „Arabella!"

Charly eilte zu ihr. Arabella sah zwar sehr gestresst und müde aus, war aber unversehrt.

Theodor richtete die Taschenlampe auf Arabella: „Hast du es dir jetzt überlegt?"

Arabella blinzelte in den Lichtstrahl der Taschenlampe, dann spuckte sie auf den Boden.

„Niemals, du Erbschleicher!"

Theodor brummte: „Gut, dann werdet ihr zwei

eben einen kleinen, unangenehmen Unfall haben. Du, Arabella, bist ja offiziell sowieso schon lange vom Tiger gefressen. Und diesem neugierigen kleinen Gör wird eben das Gleiche widerfahren. Gib her!"

Theodor schnappte sich Charlys Jacke, trat hinaus auf die Außentreppe und ließ die schwere Stahltür ins Schloss fallen.

Charly und Arabella blieben in fast völliger Dunkelheit zurück. Nur ganz oben unter der Decke leuchtete eine schwache Notlampe. Charly sah

sich um. Die Wände waren alle ganz glatt, hatten jedoch Schleifspuren. Sie befanden sich im Inneren der großen Schrottpresse. Hier wurden aus Autowracks handliche Schrottwürfel produziert.

„Wie kommst du hierher?", fragte Arabella.

„Wie kommst du hierher?", antwortete Charly. Arabella lehnte sich zurück. „Genau weiß ich es auch nicht. Ich war wie verabredet bei Theodor, um ihm das Angebot seines Onkels zu unterbreiten. Aber wie ich erwartet hatte, wollte er davon nichts hören. Stattdessen drückte er mir ein gefälschtes Testament in die Hand, das ihn zum Alleinerben macht. Ich sollte es für ihn in den Tresor des alten Würzig schmuggeln."

„Und?"

„Ich habe ihm gesagt, dass ich sofort zur Polizei gehe, drehte mich um und wollte das Haus verlassen. Da bekam ich einen Schlag auf den Kopf. Als ich aufwachte, fand ich mich hier drinnen ohne Schuhe und Handtasche wieder. Dafür aber mit einer ordentlichen Beule am Kopf. Zweimal war er seither noch da, um mich unter

Druck zu setzen. Theodor hat mir sogar erzählt, dass er einen Schuh und eine Portion Schweineblut benutzt hat, um dafür zu sorgen, dass alle Welt glaubt, der Tiger hätte mich gefressen."

Plötzlich ertönte ein Rumpeln und ein Quietschen, der ganze Raum schien zu vibrieren. Charly schluckte: „Jetzt hat wohl unsere letzte Stunde geschlagen." Sie holte die RFL aus der Tasche, trat einen Schritt zurück und blickte damit in Richtung Wand ...

Ein Tiger packt zu

Charly setzte die RFL ab und atmete tief durch. „Die gute Nachricht lautet: Ich weiß, wo man diese Presse abstellt.“ Charly ließ sich neben Arabella zu Boden sinken. „Nun die schlechte Nachricht: Der Schalter ist außen.“

Draußen beobachteten Lupe und Opa atemlos, wie sich die Presse laut rumpelnd in Bewegung setzte. Theodor lief die Außentreppe hinunter und ging Richtung Hütte. Opa schluckte: „Wenn uns jetzt nicht ganz schnell etwas einfällt, endet Charly als ... Hoppla, wo kommt der denn her?“

Lautlos war neben ihnen der Tiger aufgetaucht. Opa blinzelte Lupe an: „Alle Türen abgeschlossen, so, so ...“

Lupe zog den Kopf ein. Der Tiger knurrte, als sein Blick auf Theodor mit der Waffe in der Hand fiel. Er duckte sich und fletschte die

Zähne. Opa flüsterte: „Ich glaube, er hat etwas gegen Menschen mit Waffen. Sicher wurde er damit von Jägern in seiner Heimat einmal gefangen. So etwas prägt sich ein."

Der Tiger duckte sich und sprang aus dem Stand mit einem riesigen Satz ans obere Ende des Tores, von dort dann mit einem weiteren Satz innen wieder auf den Boden. Er schlich tief geduckt auf Theodor zu. Der betrachtete ahnungslos die rüttelnde Presse. Als er hinter sich ein gefährliches Knurren hörte und sich umdrehte, war es zu spät. Bevor er die Waffe heben

konnte, war der Tiger mit einem riesigen Satz über ihm und warf ihn um. Er drückte sein Opfer mit den Vorderpfoten zu Boden und fletschte dicht vor dessen Nase die Zähne. Theodor schrie in Todesangst, verdrehte die Augen und sackte ohnmächtig zusammen. Der Tiger hob den Kopf und stieß ein lautes Siegesgebrüll aus.

In diesem Moment gellte ein Schuss durch die Nacht. Der Tiger zuckte zur Seite, brüllte vor Schmerz, stand noch kurz und stürzte dann um wie ein gefällter Baum.

Opa und Lupe fuhren herum. Sie waren plötzlich von zahlreichen Polizisten mit Helmen, Gewehren und kugelsicheren Westen umringt. Einer der Polizisten, offensichtlich der Einsatzleiter, trat vor: „Kommissar Clever?"

„Exkommissar."

Der Mann lächelte. „Wir hatten von einer unserer Streifen gemeldet bekommen, dass der Tiger in Ihrem Kombi, eine Straßenecke entfernt, gesehen wurde. Nun, wie es aussieht, sind wir gerade noch rechtzeitig gekommen ..."

Opa fuhr den Mann an: „... um ein harmloses Tier zu töten!"

Der Polizist lächelte versonnen. Lupe fragte: „Betäubungsmunition?" Der Mann nickte.

Opa knurrte: „Also schön. Aber wenn wir uns nicht beeilen, gibt es wirklich noch Opfer!"

„Wie ..."

„Sehen Sie die Schrottpresse? Da drin befindet sich meine Enkeltochter und vermutlich noch eine zweite Person. Und wenn wir nicht sofort etwas unternehmen, müssen sie ihre Tapferkeit mit dem Leben bezahlen." Der Einsatzleiter drehte sich zu seinen Männern um: „Das Tor aufschneiden, sofort!"

Sekunden später hatten zwei Polizisten mit riesigen Bolzenschneidern die Türangeln durchtrennt. Das Tor fiel krachend nach innen. Alle stürmten auf den Schrottplatz. Mehrere Polizisten kümmerten sich um den ohnmächtigen Theodor und legten ihm Handschellen an.

Lupe war als Erster bei der Schrottpresse, stürzte die Treppe hinauf und rüttelte an der Tür. Sie bewegte sich nicht. Neben ihm tauchte der Einsatzleiter auf. „Die Tür ist blockiert, solange die Presse läuft. Wir müssen den Schalter finden."

Mit einer Taschenlampe leuchtete er die Wand ab, sah aber nichts. Lupe rüttelte an der Tür. Verzweifelt trat er mit dem Fuß dagegen. Drinnen schreckten Arabella und Charly gleichzeitig hoch. „Was war das?"

Charly zückte ihre RFL. Sie betrachtete die Tür und grinste: „Doktor Lupe. Noch nie warst du

mir so willkommen. Los, legt den Schalter um."
Doch draußen suchten sie nur hilflos mit Blicken die Tür und die Wand ab. Charly fluchte: „Sie können ihn nicht finden." Sie schaute angestrengt nach oben.

Nur noch wenige Meter trennten sie von der Decke. Charly dachte nach. „Klopfzeichen! Das könnte klappen."

Charly klopfte mit ihrem Knöchel an die Tür: dreimal kurz, dreimal lang, dreimal kurz:

„... – – – ..."

„Was machst du da?", fragte Arabella.

„Ich morse. Lupe kennt das Morsealphabet. Das war S-O-S.“

„Und, funktioniert es?“ Charly lauschte. „Nein. Wir sind zu leise!“

Sie blickte suchend um sich. „Wir brauchen etwas, was richtig Lärm macht.“

Arabella seufzte: „Meine Stöckelschuhe wären ideal gewesen, aber die hat Theodor ja leider einkassiert.“

Charlys Hand glitt in die Tasche. Die RFL! Es war der einzige harte Gegenstand, den sie hatte. „Lupe, verzeih mir!“, murmelte sie und schlug mit der RFL kräftig gegen die Wand:

„··· _ _ _ ···“

Sie lauschte. Es kam eine Antwort.

„···· ·_ ·_·· ·_·· _ _ _“

Charly jubelte: „H-A-L-L-O. Es funktioniert.“

„Wird aber auch Zeit“, murrte Arabella. Die Seitenwände waren nicht mehr weit von der Tür entfernt. Die Decke hing schon so tief, dass Arabella sich bereits tief duckte. Charly klopfte:

„·_ ··_ ··· _· · _··· · _· _ ··_ _ ·_·“

„A-U-S N-E-B-E-N T-Ü-R“

Die Antwort kam prompt:

„·– – – – –“

„W-O? Na, ob es für diese Antwort noch reicht?“

„·–·· ·· –· –·– ··· ··– – – – – –“

„L-I-N-K-S 2-M.“

„···· – – –· ···· ·“

„H-Ö-H-E 2-M.“ Charly ließ die RFL fallen. „Jetzt können wir nur noch beten!“

Unaufhaltsam kam die Decke näher. Arabella und Charly zogen die Köpfe ein. Charly schloss die Augen.

Die Stille setzte so schlagartig ein, dass die beiden einige Zeit brauchten, bis sie ihr Glück fassen konnten. Die Tür wurde aufgerissen, der Lichtschein einer Taschenlampe traf Charly, die die Augen aufschlug und blinzelte.

„Lebt ihr?", kam die bange Frage. Charly knurrte: „Mach die Funzel aus, dann verrate ich es dir."

Charly und Arabella stolperten ins Freie. Kurz darauf standen alle wohlbehalten im Hof. Charlys Blick fiel auf den Tiger, und sie erstarrte. Ihr traten die Tränen in die Augen, als sie das einstmals kraftvolle Tier so daliegen sah. Sie schniefte: „Haben sie dich doch noch erwischt." Sie wollte neben dem Tiger niederknien, doch einer der Polizisten hielt sie zurück. „Vorsicht! Er kann jeden Moment aufwachen."

„Aufwachen?" Charly starrte ungläubig zu dem Mann. „Natürlich. Es war nur ein Betäubungsgewehr. Da kommt schon der Käfig." Sie sahen, wie einige Polizisten einen großen Käfig auf den Hof zerrten.

Opa und der Einsatzleiter traten hinzu.
Charly lächelte: „Also war das ganze Versteckspiel umsonst?“
„Nicht direkt. Wir wissen erst seit heute Mittag, dass neben Arabellas Schuh nur Schweineblut verteilt war. Also beschlossen wir, auf Nummer sicher zu gehen. Niemand will schließlich ein unschuldiges Tier töten. Nach dem was Kommissar Clever erzählte ...“
„Exkommissar!“, korrigierte Opa.
„Nun, jedenfalls wird der Tiger wieder seinen Stammplatz im Würzig-Zoo finden.“
„Ende gut, alles gut“, freute sich Charly. Doch

Lupe seufzte: „Fragt sich nur, wer das alles unseren Eltern beibringt."

Charly lächelte: „Oh, dafür gibt es einen Spezialisten." Sie klopfte ihrem Opa auf die Schulter, der überrascht zusammenzuckte. Er sah erst Charly, dann Lupe und zuletzt den Einsatzleiter an, der ihm freundlich zunickte.

„Also gut", meinte Opa. „Dann bringen wir es hinter uns." Mit diesen Worten drehte er sich um und stapfte los.

Gerit Kopietz und Jörg Sommer, beide Jahrgang 1963, leben zusammen mit ihren vier Kindern auf einem ehemaligen Bauernhof in Süddeutschland. Gerit Kopietz ist Erzieherin, Jörg Sommer arbeitet als Geschäftsführer einer PR-Agentur. Aber eigentlich wären beide viel lieber etwas Ordentliches geworden – zum Beispiel Abenteurer oder Detektive. Dafür erleben sie seit Jahren in ihrer Freizeit viele Abenteuer mit Kindern in verschneiten Gebirgen, tiefen Höhlen, verlassenen Ruinen, auf wilden Flüssen und an verlassenen Küsten. Dabei haben die beiden eines Tages auch Charly Clever kennen gelernt und von ihr die Erlaubnis bekommen, ihre haarsträubenden Abenteuer für andere Kinder aufzuschreiben. Ungelogen!

Gerit Kopietz & Jörg Sommer im Internet:
www.kopietz-sommer.de

Barbara Scholz wurde 1969 in Herford geboren. Nach Abitur und Handelsschule lernte sie in einer Werbeagentur den Beruf der Druckvorlagenherstellerin. Während des Grafikstudiums in Münster zeichnete sie für einen Lehrmittelverlag. Seit ihrem Abschluss 1999 arbeitet Barbara Scholz mit Freunden in einem kleinen Atelier in Münster und illustriert Kinderbücher.

Der Geheimcode

Das Morsealphabet ist bereits vor über 150 Jahren erfunden worden, von einem Mann namens Samuel Morse. Damals hatte man noch keine Telefone, sondern einen Apparat, mit dem man Morsezeichen über weite Entfernungen übertragen konnte. Diese Morsezeichen waren früher weithin bekannt, heute sind sie den meisten Menschen fremd. Dabei sind sie vielfältig einsetzbar.

Morsezeichen kann man mit einer Taschenlampe, als Klopfzeichen und sogar als schriftlichen Geheimcode verwenden. Jeder Buchstabe des Alphabets und jede Zahl besteht aus einer bestimmten Folge von kurzen und langen Zeichen.

Hier die wichtigsten Morsezeichen: →